Renate Welsh
Wiedersehen mit Vamperl

© Jacqueline Godany

Renate Welsh lebt als freie Schriftstellerin in Wien. Sie hat viele engagierte Kinder- und Jugendbücher geschrieben, für die sie neben zahlreichen anderen Auszeichnungen mehrfach den Österreichischen Staatspreis, den Preis der Stadt Wien und den Deutschen Jugendliteraturpreis erhielt. Ihr Gesamtwerk wurde 1995 mit dem Österreichischen Würdigungspreis und 2006 mit dem Literatur-Würdigungspreis des Landes Niederösterreich ausgezeichnet. Mehr von Vamperl und Frau Lizzi ist nachzulesen in den dtv junior-Bänden ›Das Vamperl‹, ›Vamperl soll nicht alleine bleiben‹ und ›Ohne Vamperl geht es nicht‹.
Weitere Titel von Renate Welsh bei dtv junior: siehe Seite 4

© privat

Heribert Schulmeyer wurde 1954 in Köln geboren. Er studierte an der ehemaligen Kölner Werkschule im Fachbereich Illustration und Freie Grafik und lebt heute als freier Illustrator in Köln.

Renate Welsh

Wiedersehen mit Vamperl

Mit Illustrationen
von Heribert Schulmeyer

Deutscher Taschenbuch Verlag

Eine Hörbuch-Ausgabe ist bei Der Hörverlag,
München erschienen.

Von Renate Welsh sind bei dtv junior
außerdem lieferbar:
Das Vamperl
Vamperl soll nicht alleine bleiben
Ohne Vamperl geht es nicht
Das große Buch vom Vamperl
Little Vampie. Erstes Englisch leicht gemacht

... und bei dtv: siehe unter www.dtv.de

Das gesamte lieferbare Programm von dtv junior und
viele andere Informationen finden sich unter
www.dtvjunior.de

MIX
Papier aus verantwortungsvollen Quellen
FSC® C013736

Originalausgabe
15. Auflage 2015

Umschlagkonzept: Balk & Brumshagen
Umschlagbild: Heribert Schulmeyer
Gesetzt aus der Trump 14/16·
Gesamtherstellung: Kösel, Krugzell
Printed in Germany · ISBN 978-3-423-75052-3

Inhalt

Frau Lizzi fasst einen Entschluss

Frau Lizzi erwischte sich immer öfter dabei, dass sie vor sich hin seufzte. Dann schimpfte sie: »Lizzi, du bist ein blödes altes Stück. Du weißt genau, wie ich Selbstmitleid hasse! Reiß dich zusammen, geh spazieren, tu irgendetwas, ganz gleich was, aber jammere nicht herum.«

Es half nur nicht.

Kein Vamperl auf der Vorhangstange, kein Vamperl, der an ihren Haaren zupfte, kein Vamperl, der aus dem Nähkorb fiepte. Wenn sie die Augen schloss, sah sie Vamperl aus seinem Korb winken, bis der Ballon im blauen Himmel verschwand.

Ihre Knie schmerzten wie vor der Kur. Sie stöhnte, wenn sie sich vorbeugte um die Strümpfe anzuziehen. Nicht einmal der Kaffee schmeckte ihr.

Jeden Vormittag gegen zehn Uhr wurde sie unruhig. Ihre Ohren machten sich selbstständig, lagen auf der Lauer im Treppenhaus.
Sie kannten den Schritt des Briefträgers, das Klirren seines Schlüsselbundes, wenn er die Postkästen aufsperrte. Sie kannten den dumpfen Knall, mit dem das Haustor hinter ihm zufiel. Dann ging Frau Lizzi hinunter, obwohl sie genau wusste, dass wieder nichts von Vamperl gekommen war. Sonst

wäre der Briefträger bestimmt heraufgekommen, schon deshalb, weil Vamperl natürlich wieder die Briefmarke vergessen hatte.
Frau Lizzi nahm die zwei oder drei Werbesendungen aus ihrem Postkasten, pfefferte sie in die Altpapiertonne und knallte den Deckel zu.
Das Stiegensteigen fiel ihr schwer.

Hannes war jetzt Mittelstürmer in der Jugendmannschaft. Er kam zwar fast jeden Tag vorbei, aber meist blieb er gerade einmal fünf Minuten.
»Früher hast du es doch auch allein ausgehalten«, sagte Frau Lizzi zu sich selbst.
Aber früher war früher und jetzt war jetzt.
Manchmal war Frau Lizzi richtig sauer.
»Mistkerl«, schimpfte sie zur leeren Gardinenstange hinauf. »Wenigstens schreiben könntest du. Ich will ja nur wissen, ob es dir gut geht.«

Am ersten Donnerstag im Mai kam Hannes hereingestürzt und drückte Frau Lizzi ein knallbuntes Heft in die Hand. »Seite 13!«, keuchte er. »Das wär doch was für Sie. Ich muss zum Training.«
Die Tür fiel hinter ihm ins Schloss.
»Was soll ich mit einem Reiseprospekt?«, brummte Frau Lizzi. »Mich zieht's nicht nach Spanien und nicht auf die Malediven, in Afrika ist es mir zu heiß und in Feuerland zu kalt.«
Aber weil sie das Ding nun schon einmal in der Hand hatte, blätterte sie lustlos darin. Auf Seite 13 stutzte sie. »Dracula-Tour«, stand da.

»Erleben Sie Transsilvanien,
besuchen Sie Draculas Schloss,
tanzen Sie in der Nacht der Vampire!«

Frau Lizzi pflanzte ihre Beine fest auf den Boden, gab sich einen Ruck und stand auf. Sie zog die bequemen

Schuhe an, setzte ihren Strohhut auf, holte das Sparbuch aus der Schublade und machte sich auf den Weg.

Der junge Mann im Reisebüro bat sie Platz zu nehmen. Vorsichtig ließ sie sich auf einen der schwarzen Stühle mit den metallenen Spinnenbeinen nieder und wunderte sich, dass sie nicht umkippte, sondern fast bequem saß.
»Ich möchte die Dracula-Tour buchen«, erklärte sie.
Der junge Mann wiegte den Kopf hin und her. Er verwies auf die Strapazen dieser Reise. »Wir hätten da ein hervorragendes Sonderangebot für Senio-

ren auf Mallorca, das würde ich Ihnen ganz besonders empfehlen.«

Frau Lizzi wischte den Prospekt vom Tisch, direkt in den Schoß des jungen Mannes.

»Oh, verzeihen Sie«, entschuldigte sie sich. »Aber ich fahre nach Transsilvanien, in die Heimat der Vampire.«

»Selbstverständlich, wie Sie wünschen. Ich darf Sie nur darauf hinweisen, dass Sie das Risiko tragen, und würde Ihnen unsere spezielle Reiseversicherung mit Rückholgarantie empfehlen.«

Er hüstelte.

»Tot oder lebendig?«, fragte Frau Lizzi freundlich.

Er senkte die Augen, setzte eine kummervolle Miene auf und sagte: »Ja. Im Falle eines Falles.«

Frau Lizzi unterschrieb sämtliche Papiere, ließ sich schriftlich bestätigen, dass sie Anspruch auf den Sitzplatz in der ersten Reihe des Autobusses hatte und verließ hoch erhobenen Hauptes das Reisebüro. Der junge Schnösel hielt sie wohl für zu alt für so eine Reise.

Hannes war begeistert, als sie ihm wortlos den Durchschlag ihrer Buchung reichte. »Am liebsten würde ich mitfahren«, sagte er. »Sie schicken mir aber bestimmt eine Ansichtskarte?«
Frau Lizzi versprach es. Sie bat Hannes ihr den Koffer vom Schrank zu heben.
»Sie fahren doch erst in drei Wochen«, meinte er. »Wird Ihnen der Koffer nicht im Weg sein?«
»Das schon«, gab sie zu. »Aber ich kann so besser planen. Man soll nichts überstürzen, weißt du, und sooft ich über den Koffer stolpere, werde ich mich auf die Reise freuen.«
An diesem Abend begann sie mit Turnübungen, eine Woche später schaffte sie schon neun Kniebeugen, bei den Rumpfbeugen erreichte sie beinahe ihre Zehen und sie konnte auf

einem Bein stehend das andere kreisen lassen ohne gleich ins Wackeln zu kommen. Sie war sehr mit sich zufrieden. Der Koffer war dreimal gepackt und wieder umgepackt.
Doch plötzlich bekam sie es mit der Angst zu tun. Vielleicht hatte der junge Mann doch Recht und sie hatte sich auf etwas allzu Verrücktes eingelassen?
Ein bisschen verrückt ist gut, dachte sie, aber zu verrückt …
An diesem Nachmittag klopfte es an der Wohnungstür. Hinter einem großen

Strauß Margeriten und Glockenblumen strubbelten rote Haare in die Höhe.
»Ich wollte mich wieder einmal erkundigen, ob es etwas Neues gibt. Erinnern Sie sich noch an mich?«, fragte der Mann hinter dem Blumenstrauß hervor.
»Natürlich erinnere ich mich«, sagte Frau Lizzi. »Was glauben Sie denn? Sie sind der Wetterkundler, der Vamperls Ballonflug berechnet hat.«
Er nickte. »Manchmal habe ich mich gefragt, ob Sie nicht sehr böse auf mich sind. Ohne meine Einmischung wäre Vamperl vielleicht bei Ihnen geblieben. Ich bin schuld, dass er weg ist.«
Frau Lizzi schüttelte den Kopf, dann nickte sie. »Manchmal war ich richtig zornig auf Sie, das stimmt. Aber wenn Sie ihm nicht geholfen hätten, wäre er trotzdem losgezogen um seine Vamperlina zu suchen. Ich hätte ihn ja doch nicht halten können. Kommen Sie he-

rein, setzen Sie sich! Ich mach uns gleich einen guten Kaffee.«
Er stolperte über die Türschwelle und gleich darauf über den Koffer, der mitten im Raum stand.
Als sie beide am Küchentisch saßen, erzählte Frau Lizzi ihm von ihrem Vorhaben.
Der Wetterkundler sprang auf und schüttelte ihr beide Hände, wobei er eine Kaffeetasse umwarf. Kaffee floss über das Tischtuch, tropfte auf den Boden. Frau Lizzi fing an zu lachen, bis sie Schluckauf bekam.
Als der ärgste Schaden beseitigt war und frischer Kaffee in den Tassen dampfte, unterhielten sie sich über Frau Lizzis Reiseplan.
Der Wetterkundler war Feuer und Flamme für die Idee. Er meinte, in Transsilvanien bestünden die besten Chancen, Vamperl zu finden.
Als er sich verabschiedete, war Frau Lizzi wieder ganz und gar überzeugt

das Richtige zu tun. Sie versprach ihm eine Postkarte, er versprach sie gleich nach ihrer Rückkehr zu besuchen.
In der letzten Woche vor ihrer Abreise hatte Frau Lizzi das Gefühl, dass die Zeit überhaupt nicht verging. Jeder Tag hatte mindestens 100 Stunden und jede Stunde mindestens 100 Minuten zu 100 Sekunden. Jede Nacht stand sie unzählige Male auf um im Koffer nachzusehen, ob sie auch wirklich alles eingepackt hatte. Dazwischen träumte sie wirres Zeug.
Am letzten Abend kam Hannes und brachte ihr ein Säckchen. Das müsse sie unbedingt mitnehmen, für alle Fälle. »Weil man ja nie wissen kann.«
»Was ist denn drin?«, fragte Frau Lizzi.
Er druckste herum. »Es ist ja nicht, dass ich direkt daran glaube, ich meine, es heißt nur, und damit man dann nicht sagt, hätt ich doch, weil schließlich … also es wäre ja wirklich schade um Sie, oder?«

Frau Lizzi war durchaus der Meinung, dass es schade um sie wäre.

»Angeblich soll es gut zum Schutz sein, verstehen Sie?«, sagte Hannes.

Jetzt war Frau Lizzi natürlich noch neugieriger geworden. Endlich gelang es ihr, aus Hannes herauszukitzeln, was in dem Säckchen war: eine Knoblauchzwiebel, ein rostiger Nagel, garantiert vom Friedhof, für den Hannes mit fünf Nachmittagen Unkrautzupfen in einer Gärtnerei bezahlt hatte, die dem Vater seines Freundes gehörte, und ein Medaillon aus glänzendem Aluminium.

»Silber wäre besser«, sagte Hannes, »aber es ist aus Mariazell und echt geweiht.«

Frau Lizzi war gerührt. Am liebsten hätte sie Hannes umarmt und ihm einen Kuss gegeben. Stattdessen strubbelte sie seine Haare und schenkte ihm drei Tafeln Schokolade.

Reisegefährten

Hannes bestand darauf, Frau Lizzi zum Autobus zu begleiten. Kurz vor halb fünf Uhr klopfte er an ihre Wohnungstür.

»Meine Güte, Bub, das wär aber wirklich nicht nötig gewesen«, brummelte sie.

In Wirklichkeit war sie erleichtert. Sie hatte eine Tasche mit Proviant für die Reise, einer warmen Jacke, Verbandszeug, Medikamenten für den Notfall,

einem Notizbuch, drei Kugelschreibern, weil man nie wissen konnte, ob nicht einer im entscheidenden Moment versagte, und dazu noch ihren schweren Koffer.

»Wasser, Gashahn, Fenster«, murmelte sie, prüfte zum dritten Mal, ob auch alles richtig abgedreht und abgeschlossen war, dann machten sie sich auf den Weg.

Vor dem Haustor blieb sie stehen und fummelte in ihrer Tasche herum. Ihr Pass steckte im Seitenfach, die Geldbörse daneben.

An jeder Straßenecke musste Hannes den Koffer kurz abstellen.

Vor dem Reisebüro warteten schon einige Leute. Der Bus fuhr gerade vor. Der Fahrer begann gleich die Koffer einzuladen.

Frau Lizzi bedankte sich bei Hannes. »Und jetzt lauf heim, da kriegst du noch ein Maul voll Schlaf, bevor du in die Schule musst.«

Doch Hannes wollte lieber warten.
»Du hast deine Oma wohl sehr gern«, sagte eine Dame zu ihm.
»Sie ist nicht meine Oma, sie ist meine Freundin«, erklärte Hannes.

Als sie längst unterwegs war und die erste Grenze schon hinter ihr lag, hörte Frau Lizzi diesen Satz immer noch. Wie ein warmer Ball war er, der in ihrem Bauch auf und ab hüpfte. Ich muss ihm was Schönes mitbringen, dachte sie, etwas wirklich Schönes. Immer hab ich gedacht, wie traurig es ist, dass ich keine Kinder und daher auch keine Enkelkinder habe. Aber seine Freundin, das ist doch auch was, oder? Viel ist das!
Frau Lizzi streckte die Beine. Ihr Sitz ganz vorne im Bus war sehr bequem, auf Knopfdruck konnte sie die Lehne verstellen, es gab auch einen Schemel für die Füße. Der Nachteil war nur,

dass sie die Mitreisenden nicht sehen konnte ohne sich umzudrehen und sie direkt anzustarren.

Draußen zog Landschaft vorbei, Wiesen voller Löwenzahn, Felder, große alte Bäume, immer wieder tauchte ein Kirchturm auf, um den sich Häuser scharten. Frau Lizzi döste ein.

Sie wachte mit einem Ruck auf, als der Bus stehen blieb. Im Traum hatte sie Vamperl gesehen, er hatte sogar mit ihr gesprochen, obwohl er in Wirklichkeit nur fiepen konnte, sie wusste bloß

nicht mehr, was er gesagt hatte. Immerhin war es doch gewiss ein gutes Zeichen, dass sie von ihm geträumt hatte.
Die Leute drängten sich aus dem Bus.
»Na, Oma, wollen Sie nicht auch aussteigen?«, fragte ein junger Mann mit dünnem Bärtchen. »Für kleine Mädchen gehen?«
Blöder Kerl, dachte sie. Wenn ich einen Enkel hätte, der wär anders. Ganz gewiss anders. Der da sieht aus, als hätte ihn eine Katze zurechtgeleckt.
»Sie müssen sich schon entscheiden«, sagte sie. »Entweder Oma oder kleines Mädchen.«
Der junge Mann lachte meckernd und lange.
»So gut war der Witz auch wieder nicht«, brummte Frau Lizzi, schob sich an ihm vorbei und sagte über die Schulter zurück: »Im Übrigen bin ich die Frau Lizzi.«
Das Lachen riss ab.

An einem der langen Tische in der Raststätte fand Frau Lizzi einen freien Platz. Jetzt konnte sie sich die Gesellschaft in aller Ruhe ansehen. Der Reiseleiter stellte die Leute vor.
Da war das Ehepaar Schmied, beide um die fünfzig. Frau Schmied hatte eine wilde rote Mähne, bestimmt gefärbt, und viele goldene Armreifen, die bei jeder Bewegung klirrten. Um den Hals trug sie sieben verschiedene Steine an schwarzen Lederbändern und einen bunten Seidenschal. Ihre dunklen Augen funkelten.
So farbig sie war, so grau war ihr Mann – graue Haare, graue Augen, grauer Anzug. Aber als er Frau Lizzi die Hand reichte, stellte sie fest, dass er einen warmen Händedruck und ein ebenso warmes Lächeln hatte.
Frau Pfeiffer war eine sehr große, sehr elegante, sehr magere Frau, bestimmt schon siebzig, ihre Tochter Leonora war semmelblond und rundlich mit

kleinen, unwahrscheinlich regelmäßigen, glänzend weißen Zähnen.
Herr Stanzer bezeichnete sich selbst als Privatgelehrten. Er trug eine große Hornbrille, graue Haarsträhnen, die ihm über den Hemdkragen hingen, und eine schwarze lange Jacke, die eigentlich schon ein Gehrock war. Sein Begleiter war ein junger, ernsthafter Mensch, der als Eusebius vorgestellt wurde. Wahrscheinlich hieß er gar nicht so, aber der Name passte zu ihm. Wenn ihn jemand ansprach, ruderten seine großen schönen Hände, als wollte er etwas aus der Luft fangen. Er schrieb jedes Wort von Herrn Stanzer mit. Der sprach so langsam, dass Frau Lizzi dachte, man könnte nicht nur mitschreiben, sondern sogar mitsticken, was er sagte.
Dennis und Denise waren nicht nur durch ihre Vornamen zum Pärchen bestimmt, sie sahen auch fast aus wie Zwillinge, beide so strubbelig, dass

man sie gern gekrault hätte, beide lachten viel. Im Moment hielten sie einander an den Händen, Dennis hatte seinen Gugelhupf in der Linken, Denise ihren in der Rechten. Sie bissen immer gleichzeitig ab.

Die Dame neben ihnen stellte sich als Hexe Lucinda vor. Frau Lizzi hätte gern gewusst, welcher Name in ihrem Pass stand, höchstwahrscheinlich Lieschen Müller, dachte sie und kicherte in sich hinein.

Der junge Mann mit dem Bärtchen hatte am Nebentisch Platz genommen, er redete sehr laut und erzählte einen Witz nach dem anderen. Sein rotgesichtiger Nachbar schlug sich auf die Schenkel beim Lachen, eine Frau mit hochgetürmten Haaren glubschte ihn aus runden braunen Augen an.

Frau Lizzi fand, dass sie sich mit ihren Mitreisenden jedenfalls nicht langweilen würde. Es machte ihr Spaß, sie zu beobachten.

Nach der Kaffeepause stiegen alle wieder in den Bus. Frau Lizzi war noch nie so weit weg von daheim gewesen. Es wunderte sie ein bisschen, dass es auch hier Kühe auf den Wiesen gab und Häuser, die aussahen wie in den Dörfern rund um Wien.
Was hast du denn erwartet?, fragte sie sich. Dass sie auf den Dächern stehen? Da wären doch die Schornsteine im Weg und wackelig wär die ganze Angelegenheit. Sie grinste.

Der Busfahrer schaute gerade in den Rückspiegel und hob fragend eine Augenbraue. Sie wiegte den Kopf hin und her und lächelte ihm zu, er lächelte zurück. Der war gar nicht so finster, wie sie im ersten Moment geglaubt hatte. Der war sogar ausgesprochen nett. Wenn sie auf dieser Reise einmal Hilfe brauchen sollte, wäre er wahrscheinlich der Erste, an den sie sich wenden würde. Ganz bestimmt nicht dieser geschniegelte Reiseleiter.

Eine unruhige Nacht

Am frühen Abend blieb der Bus vor einem kleinen Hotel mitten im Wald stehen. Nach dem Essen brachte der Kellner Getränke und stellte auf jeden Tisch eine Kerze. Dann löschte der Reiseleiter die Lampen.

»Verehrte Freunde«, begann er und ließ seine Stimme dunkel und geheimnisvoll klingen. »Ich möchte Sie nun bitten uns über Ihre eigenen Erfahrungen mit Vampiren, Geistern, Kobolden, UFOs oder Gespenstern zu berichten, mit einem Wort über alles, was Sie erlebt haben, das sich die Naturwissenschaft nicht erklären kann.«

Die Stühle knarrten laut, die Gläser wurden mit Nachdruck auf die Tische gestellt.

Dann erhob sich Frau Schmied. Sie stand nicht einfach auf, sie erhob sich,

ließ den bunten Schal um ihre Schultern flattern, ließ ihre Hände tanzen, schüttelte ihre langen Haare, schloss die Augen, riss sie dann weit auf, blickte von einem Ende des Saales zum anderen und begann zu erzählen, wie sie in einer lauen Juninacht von Außerirdischen entführt worden war.
»Der Anführer war ein wunderschöner junger Mann mit silbernem Haar und strahlend grünen Augen, Augen wie ein Bergsee, Augen wie die herrlichsten Smaragde, hineinspringen wollte ich in diese Augen und darin ertrinken ...«
Herrn Schmieds Kopf fiel herab. Er schnarchte.
Frau Schmied beugte sich vor, flüsterte so deutlich, dass man es noch im letzten Winkel hören konnte: »Er nimmt sich das alles so zu Herzen, er versteht einfach nicht, dass dies eine Begegnung völlig anderer Art war. Eifersucht ist hier fehl am Platz. Es ist, als wollte

man auf die Sonne eifersüchtig sein, weil auch sie die Geliebte küsst.«
Aus dem Mund ihres Gatten explodierte ein neuer Schnarcher.
Frau Lizzi hielt mit Mühe das Lachen zurück, das in ihr gurgelte.
Überrascht sah sie, wie gebannt die Damen Pfeiffer zuhörten. Die Mutter lauschte mit offenem Mund, die Tochter rang die Hände.
Anschließend hielt der Privatgelehrte Stanzer einen Vortrag, in dem so viele Fremdwörter vorkamen, dass Frau Lizzi es aufgab, ihm zu folgen. Lucinda rückte immer näher zu seinem Tisch, Eusebius schrieb eifrig mit, Dennis und Denise nickten zu jedem Satz. Einige Zuhörer wurden unruhig und begannen zu tuscheln.
Frau Lizzi dachte an Vamperl. Würde sie ihn je wiedersehen? Sie überlegte, ob sie diesen Leuten von ihm erzählen sollte. Ob sie ihr bei der Suche helfen würden? Vier Augen sehen mehr als

zwei, so hieß es doch, und vierzig Augen mussten sehr viel mehr sehen als zwei, die noch dazu ziemlich alt waren.
Nein, entschied sie schließlich. Es war besser, ihre Geschichte für sich zu behalten. Die würden ihr wahrscheinlich gar nicht glauben, die glaubten, was sie glauben wollten, und dazu passte kein freundlicher Vampir, der bösen Menschen das Gift aus der Galle saugte und mit einem Ballon in die weite Welt geflogen war um seine Vamperlina zu suchen.
Als der Reiseleiter mit seinen dünnen Fingern auf sie zeigte und sie um einen Beitrag bat, stand sie gehorsam auf. Sie räusperte sich, dann sang sie das Vampirlied. Sie hatte es nie mehr gesungen, seit sie Vamperl im Spinnennetz gefunden hatte, weil sie dachte, es könnte ihn vielleicht kränken. Ihre Stimme zitterte bei den ersten Zeilen, dann sang sie frei:

In düstrer Waldesschlucht und alten Mauern,
wo Füchse schleichen und der Uhu krächzt,
da überkommt dich, Freund, ein kaltes Schauern,
weil der Vampir nach deinem Blute lechzt.

Die schöne Adelheid von siebzehn Jahren
ging einstens hin zum Walde ganz allein.
Es war ihr Liebster in die Welt gefahren,
sie wollt' ihm eine Abschiedsträne weih'n.

Da hört sie plötzlich eine Stimme sagen:
»Warum, o Mädchen, bist du so allein?
Ach, würde doch dein Herz für mich nur schlagen!
Du solltest eine Königin mir sein.

Ich würde dich in Samt und Seide kleiden,
mit Zuckerbrot und Wein dein Herz erfreu'n.
Und nie und nimmer würd' ich von dir scheiden,
wollt'st du mein Weib und meine Herrin sein!«

Die schöne Adelheid, sie lauscht dem Werben.
Ach, Adelheid, wie ist dein Mund so rot!
Noch eh die Sonne sinket, musst du sterben,
liegst bleich und still im Moose und bist tot.

Alle klatschten so laut, dass Frau Lizzi erschrak. Sie setzte sich verwirrt, wurde sofort umringt und gebeten den Text aufzuschreiben.

»Sie müssen es uns vorsingen, bis wir alle es können!«

Frau Lizzi bedankte sich verlegen.

Sie war froh, als die Pendeluhr in der Wirtsstube nebenan zu schlagen begann und der Reiseleiter laut mitzählte: »Neun, zehn, elf, ZWÖLF – Geisterstunde. Zeit, schlafen zu gehen. Ihre Zimmerschlüssel haben Sie ja alle? Sperren Sie gut zu und schließen Sie die Fenster! Ich wünsche Ihnen allen eine recht gruselige Nacht!«

Frau Lizzi ging in ihr Zimmer. Auf ihrem Kopfkissen saß eine riesige schwarze Spinne mit ungeheuer haarigen Beinen.

»Spinne am Abend bringt Glück und Gaben«, sagte sie, öffnete das Fenster, nahm ein Taschentuch und schob die Spinne vorsichtig darauf. Da erst

merkte sie, dass das Tier aus Plastik war.
Aus beiden Nebenzimmern tönten spitze Schreie, Türen gingen auf. »Eine Spinne! Eine schwarze Witwe!«, kreischte Lucinda.
»Eine schwarze Witwe!«, keuchte Eusebius.
Frau Lizzi entfernte die schrecklichen Gefahren aus beiden Zimmern in ihrem Taschentuch.

»Sie sind eine unglaublich tapfere Frau«, sagte Eusebius.
»Sie haben mir das Leben gerettet«, seufzte Lucinda.
Frau Lizzi wollte ihnen die Wahrheit sagen, entschied sich dann aber, dass es freundlicher war, sie nicht aufzuklären.
»Gute Nacht allerseits.«
»Gute Nacht«, wünschten auch Lucinda und Eusebius. »Vom Gruseln haben wir für heute genug.«
Frau Lizzi legte sich ins Bett, zog die Decke so weit hinauf, wie es möglich war, ohne die Füße im Freien zu lassen, sandte Vamperl einen Gruß in alle vier Himmelsrichtungen und schlief tief und traumlos.

Verschwundene Perlen

Gleich nach dem Frühstück brach die Gesellschaft auf. Heute stand der Besuch einer Tropfsteinhöhle auf dem Programm. Frau Lizzi war damit beschäftigt, sich falsche Hoffnungen auszureden.
Warum sollte mein Vamperl ausgerechnet hier gelandet sein?, fragte sie sich, stellte aber sofort die Gegenfrage: Warum *nicht* ausgerechnet hier?
Sie war so in Gedanken, dass sie beinahe ihre Reisetasche vergessen hätte und noch einmal zurücklaufen musste. Das Zimmermädchen putzte gerade das Waschbecken. Neben Handtüchern und Bettwäsche stand auf dem Wagen eine Schachtel voll mit Plastikspinnen.
»Betthupferl«, sagte Frau Lizzi.
»Betthuff«, wiederholte das Zimmermädchen und glaubte von nun an, Spinnen hießen auf Deutsch *Betthuff*.

Neben der Straße eilte ein kleiner Bach über glitzernde Steine, eine Bachstelze wippte im Sprühregen auf einem Felsbrocken, Glockenblumen blühten an den Hängen. Frau Lizzi musste das Vampirlied singen, alle summten und brummten mit. Zwischen den Strophen hupte der Fahrer kurz-kurz-kurz-laaang.

Die Höhle war wunderbar, die seltsamsten Gebilde hingen von der Decke, wuchsen aus dem Boden.

»Sehen Sie nur, ein Hexenreigen«, rief Lucinda.

»Keineswegs«, sagte Herr Stanzer streng, »hier handelt es sich um eine Karawane. Beachten Sie das Kamel links oben.«

»Selber Kamel«, murmelte Dennis. »Das sind Liebespaare in einem Zaubergarten. Sieht doch ein Blinder!«

Frau Lizzis Blicke wanderten unruhig an den Wänden entlang. Da! Dahinten bewegte sich ein Schatten!

Sie ging näher. Doch der Schatten war nur ihr eigener, vom Scheinwerfer an der gegenüberliegenden Wand auf den Fels geworfen. Enttäuscht folgte Frau Lizzi der Reisegruppe.

Plötzlich ging das Licht aus. Frau Pfeiffer schrie auf.

»Mama, was ist mit dir, Mama?«, fragte Leonora besorgt.

»*Er* hat mich berührt«, stammelte Frau Pfeiffer. »Mit seinen kalten Händen hat er meinen Hals umfasst.« Sie seufzte tief. Ein Schauer durchzitterte sie und ließ sie gegen Frau Lizzi schwanken.

Das Licht flammte wieder auf.

Alle umringten Frau Pfeiffer, die an ihren Hals griff.

»Hier – hier hat er mich angefasst.« Ein neuer Schrei: »Meine Perlen! Meine Perlen sind weg!«

»Nicht bewegen«, befahl der Reiseleiter. »Wahrscheinlich ist der Verschluss aufgegangen und die Kette liegt auf dem Boden. Vorsicht, sonst zertreten Sie sie noch.« Er ging in die Hocke und fühlte den Boden mit beiden Händen ab. »Nichts«, sagte er knapp, als er wieder hochkam.

Der Führer ging mit Dennis und Denise zurück zum Eingang, aber auch sie fanden keine Spur von den Perlen.
Frau Pfeiffer lehnte schwer atmend an der Wand, alle anderen tasteten den Boden ab.
»Vielleicht sind sie in Ihre Bluse gerutscht«, meinte Herr Schmied.
»Da würde ich sie doch spüren«, sagte Frau Pfeiffer. »Nein, es hat keinen Sinn. Die Perlen werde ich nie wieder sehen. *Er* hat sie geholt.«
»Wozu braucht ein Vampir Perlen?«, fragte Lucinda.

Eusebius rief: »Ich hab sie!« Aber er hatte nur ein Kügelchen aus Kalk gefunden.

Es bildeten sich zwei Gruppen. Die eine war überzeugt, dass ein Vampir oder ein anderer Geist die Perlen geholt hatte. Die zweite war ebenso überzeugt, dass diese Idee völlig absurd war.

Frau Lizzi gehörte zur zweiten Gruppe. »Ach, Vamperl, wenn du wüsstest, was man dir und deinesgleichen hier andichtet«, seufzte sie, doch niemand hörte ihr zu.

Fest stand, dass die Perlen verschwunden waren und keine Spur davon gefunden werden konnte. Lucinda krallte sich mit beiden Händen an ihren vielen Ketten fest, Herr Schmied ließ seine Frau nicht mehr aus den Augen.

Die Tropfsteinhöhle erhielt nur mehr einen Bruchteil der Beachtung, die sie verdient hätte.

»Sie sind doch hoffentlich versichert«,

sagte der Reiseleiter, als sie wieder in den Bus stiegen.
»Erinnerungen kann man nicht versichern«, wies ihn Frau Pfeiffer zurecht. »Diese Perlen sind unersetzlich. Mein Mann hat sie mir zum 25. Hochzeitstag geschenkt.«
Sie setzte sich auf ihren Platz und nahm keinen Anteil an den erregten Gesprächen ringsum. Die Hände hatte sie im Schoß gefaltet. Neben ihr schluchzte Leonora in ein triefnasses Taschentuch.
»Wir sollten alle unsere Taschen ausräumen«, sagte Frau Lizzi.
»Wozu?«, fragte Frau Pfeiffer.
Frau Lizzi zählte bis zehn, bevor sie antwortete: »Um sicher zu gehen, dass keiner von uns Ihre Perlen genommen hat. Sonst verdirbt das Misstrauen die ganze Stimmung.«
Sie fing an ihre Siebensachen auf den Sitz zu legen.
Frau Pfeiffer winkte müde ab. »Das hat

keinen Sinn. Ich habe die eisigen Hände gespürt, lebendige Menschenhände waren das nicht, glauben Sie mir.«
Lucinda nickte, Herr Stanzer setzte zu einem Vortrag an. Es gäbe Hinweise, behauptete er, dass Geister sehr wohl an irdischen Gütern interessiert sein könnten. So sei zum Beispiel verbürgt, dass ein Gespenst in Lower Thistlewhite wertvolle Schmuckstücke an sich gebracht und im Kamin seines ehemaligen Hauses versteckt habe.
Frau Lizzi hörte seinen weiteren Ausführungen nicht zu. Sie beobachtete die Mitreisenden. Nur Eusebius war

ihrem Beispiel gefolgt und hatte den Inhalt seiner Taschen auf den Sitz gelegt. Alle anderen machten keine Anstalten, ihre Taschen auszuräumen. Eifrig nickten sie zu jedem Satz, den Herr Stanzer sagte. Wenn das nicht verdächtig war!

Augen auf, Elisabeth, sagte sie zu sich selbst. Ihren vollen Namen verwendete sie nur in besonders ernsten Augenblicken. Du selbst hast ja nichts zu befürchten, weder deine Glasperlenkette noch das Medaillon aus echtem Aluminium werden einen Dieb in Versuchung führen.

Jedenfalls wusste sie jetzt mit Sicherheit, dass Vamperl nicht in dieser Höhle lebte. Sonst hätte er den Diebstahl verhindert.

Der Bus holperte aus einem Schlagloch ins nächste. Jetzt ärgerte sich Frau Lizzi, dass sie den ersten Sitz gewählt hatte, der als Beobachtungsposten denkbar ungeeignet war.

Eigentlich stand noch eine Grotte auf dem Programm, aber den meisten war für heute die Lust auf Höhlen gründlich vergangen. Frau Lizzi verstand das natürlich, konnte aber das unbehagliche Gefühl nicht loswerden, dass sie genau dort Vamperl gefunden hätte.
»Verzeihen Sie, bitte«, sagte sie zum Fahrer, »es ist mir sehr peinlich, aber bei alten Damen ist es manchmal wie bei kleinen Kindern. Könnten Sie kurz anhalten?«
Schon fuhr der Bus an den Straßenrand. Frau Lizzi stieg aus, wanderte in den Wald hinein. Als sie sicher war, dass

ihr niemand folgte und dass man sie vom Bus aus nicht mehr hören konnte, sang sie das Lied, das sie für Vamperl gedichtet hatte:

Ja, so ein Vampir
ist kein böses Tier,
muss es nicht sein,
wenn er von klein
auf Liebe spürt.

Mein Vamperl trinkt nur Milch und mag kein Blut
und macht die bösen Leute alle wieder gut.
Wenn einer tobt und schreit, was er kann,
dann flitzt mein Vamperl lautlos heran,
saugt ihm ein bisschen Gift aus der Gall' –
erledigt der Fall!
Mein Vamperl trinkt nur Milch und mag kein Blut
und macht die bösen Leute alle wieder gut.

Sie war überzeugt, dass Vamperl sofort kommen würde, wenn er das Lied hörte. Aber es blieb still im Wald. Nur ein Specht hämmerte an einer hohen Föhre.

»So weit müssen Sie nicht weggehen«, empfing sie der Reiseleiter. »Kein Mensch schaut Ihnen etwas ab!«

»Junger Mann«, sagte Frau Schmied streng, »in Fragen des Anstands sind Sie gewiss keine Autorität. Die können Sie getrost uns überlassen.«
Sie zwinkerte Frau Lizzi zu. Der Reiseleiter schrumpfte in seinen Sitz.
Bis zum nächsten Halt in einem Dorf mit freundlichen schiefen Häusern und einem Friedhof voll bunter Blumen rund um eine alte Kirche sprach er kein Wort.
»Hier bekommt man direkt Lust, sich ins Grab zu legen«, sagte Leonora, als

sie zwischen weinenden Engeln und schmiedeeisernen Kreuzen standen. Vögel zwitscherten, zwei Eichhörnchen jagten einander in einer riesigen Buche, Bienen schwärmten um die Stiefmütterchen, Levkojen und Rosen.
Frau Pfeiffer verzog den Mund. »Keine besonders taktvolle Bemerkung.«
Die Gruppe betrat die Kirche. Wieder hatte Frau Lizzi das Gefühl, dass Vamperl irgendwo in der Nähe war. Sie musste unbedingt auf den Dachboden kommen!

»Mein Vater war Zimmermann«, behauptete sie, »er hat mir immer die Dachstühle alter Kirchen gezeigt. Ich muss einfach da hinauf, ihm zu Ehren, das verstehen Sie doch?«

Ächzend kletterte sie die enge Wendeltreppe hinauf und dann über die Leiter zum Glockengestühl. Fünf Fledermäuse hingen kopfunter an den Balken, in ihre säuberlich gefalteten Flügel eingewickelt. Frau Lizzis Herz schlug schneller. Leise summte sie das Vamperllied.

Aber die Fledermäuse rührten sich nicht.

Die Sonne stand schon tief, als der Bus auf dem Parkplatz vor einer Burgruine stehen blieb. Der Reiseleiter hatte seine Munterkeit wieder gefunden.

»Kommen Sie auf Draculas Schloss!«, rief er. »Hier und nicht, wie gewisse ungebildete Leute wissen wollen, in Bran, hat Vlad Tepes, das Vorbild Draculas gelebt.« Mit weit ausholenden

Gesten schilderte er die Grausamkeit des Bösewichtes, erzählte genüsslich, wie er seine Feinde ermordete und ihre Köpfe auf den Zinnen seiner Burg ausstellte.

Wie schade, dachte Frau Lizzi, dass man die Ohren nicht wie die Augen zumachen kann. Ich wollte, ich hätte Ohrenlider!

Sie stand am äußersten Rand der Gruppe und sah zwei Habichten zu, die vor den rot glühenden Wolken Kunstflüge übten.

Hier war Vamperl nicht, da war sie ganz sicher. Mit solchen Verwandten, wenn das alte Scheusal überhaupt ein Verwandter war, würde er nichts zu tun haben wollen.

Herr Stanzer stellte mit Eusebius' Hilfe komplizierte Berechnungen an und bestand darauf, in die Kellergewölbe hinabzusteigen. »Es ist unerlässlich für meine wissenschaftlichen Forschungen, gerade diese Gewölbe zu untersuchen. Absolut unerlässlich. Gerade hier verspreche ich mir, die *Emanationen* Draculas messen zu können, ich habe da ein eigenes Instrument entwickelt ...«

»Wen will er messen?«, fragte Herr Schmied. »Eine Emma? Was für eine Emma?«

»Emanationen!«, sagte Lucinda ungeduldig. »Die Ausstrahlung seines Geistes – oder Ungeistes, die noch in diesen Mauern hängt, wo Dracula gewohnt hat.«

»Sie meint, es stinkt noch nach ihm«, flüsterte Denise Dennis zu.

Herr Stanzer wandte sich ab. »Also wir steigen dort hinunter!«

»Auf Ihre Verantwortung«, sagte der

Reiseleiter. »Erstens besteht Einsturzgefahr, zweitens ist in der Dunkelheit mit allem zu rechnen und drittens ...« Herr Stanzer unterbrach ihn. »Natürlich auf meine Verantwortung. Ich denke nicht daran, meine Verantwortung irgendjemandem anderen zu über-

lassen, ganz gewiss nicht Ihnen.« Er winkte Eusebius, der zwei starke Taschenlampen aus seinem Rucksack holte, und sie marschierten ohne ein weiteres Wort über das Geröll zum Kellereingang.

Lucinda rannte ihnen nach, stolperte, fiel auf die Knie und blieb liegen.
Frau Lizzi war als Erste bei ihr, half ihr auf die Beine und stellte fest, dass sie sich nur das rechte Knie bös aufgeschürft hatte.
»Sie haben doch sicher Verbandszeug?«, rief sie dem Reiseleiter zu, der sich langsam in Bewegung setzte und den Erste-Hilfe-Koffer aus dem Bus holte.
Während Frau Lizzi behutsam ein Steinchen aus Lucindas Haut pickte, tönte plötzlich Gepolter aus dem Keller wie von fallendem Geröll, gefolgt von völliger Stille.
»Herr Stanzer? Sind Sie in Ordnung?«, rief der Reiseleiter.
»Eusebius! Ist Ihnen etwas passiert?«, rief Lucinda.
Alle lauschten angespannt, aber es war kein Laut zu hören.
Herr Schmied straffte sich, trat einen Schritt vor. »Wir müssen Sie herausholen. Wer kommt mit mir?«

»Ach, Friedrich!«, klagte seine Frau. »Das ist viel zu gefährlich! Holen wir doch lieber die Feuerwehr oder die Polizei.«
»Du scheinst zu vergessen, meine Liebe, dass ich jahrelang bei der Bergrettung war«, sagte Herr Schmied. »Jede Minute zählt. Es gibt doch gewiss Schaufeln im Bus?«
Während der Reiseleiter im Kofferraum suchte, begann Herr Schmied vorsichtig Felsbrocken vom verschütteten Kellereingang zu heben. Dennis und Denise arbeiteten auf der anderen Seite. Der Busfahrer kam mit dem Reiseleiter, beide trugen Schaufeln.

»Zuerst müssen wir die größeren Stücke entfernen. Die Gefahr ist sonst zu groß, dass es zu einem neuen Steinschlag kommt.«
Herr Schmied war nicht wieder zu erkennen. Er organisierte eine Menschenkette, die die Steine an eine sichere Stelle weiterreichte, er prüfte, wo der Fels fest war, er schleppte und schaufelte und hatte gleichzeitig ein Auge auf alle anderen. Der Schweiß rann unter dem Rand seiner Brille herunter, er wischte ihn nur selten mit dem Hemdärmel ab.

Alle arbeiteten schweigend, nur Lucinda seufzte: »Ach, Eusebius!«
Sie machte Anstalten aufzustehen und sich an der Bergung zu beteiligen.
Frau Lizzi drückte ihre Schulter. »Sie bleiben besser sitzen. Wir werden bestimmt mehr Verbandszeug brauchen. Sie können mir helfen mein Nachthemd in Streifen zu reißen und aufzuwickeln. Wenn ich bloß wüsste, ob es hier irgendwo sauberes Wasser gibt.«
Lucinda erinnerte sich einen Brunnen auf dem Parkplatz gesehen zu haben. Während Frau Lizzi hinlief und mit großer Mühe einen Eimer Wasser heraushołte, riss Lucinda das Nachthemd in Streifen. Bei jedem Krachen des Stoffes zuckte sie zusammen.
Als Verbandszeug und Wasser bereit standen, holte Frau Lizzi Limonade aus dem Bus für die Rettungsmannschaft. Alle tranken dankbar, nur Herr Schmied winkte unwillig ab.

Ein schmaler Durchschlupf war jetzt freigeräumt, zu eng für die meisten. Denise bot sich sofort an hineinzusteigen und von drinnen Steine herauszureichen.
Der Abendstern stand schon am Himmel. Bald würde es ganz dunkel sein. Der Fahrer rannte zum Bus, fuhr ihn so weit wie möglich an den Rand des Parkplatzes und richtete die Scheinwerfer auf den Keller. Frau Lizzi konnte jetzt gar nichts mehr sehen, zwei dunkle Gestalten verdeckten den Eingang. Sie hielt das Warten nicht mehr aus, ging hinauf und reihte sich in die Kette. Lucinda folgte ihr.
Plötzlich tönte ein Schrei aus dem Keller.
Dennis drängte sich an den anderen vorbei. »Das war Denise!« Er verschwand im Dunkeln, gleich darauf rief er: »Herr Schmied!«
Alle hielten den Atem an, allen schien ewig viel Zeit zu verstreichen, bis Den-

nis, Denise und Herr Schmied im Eingang erschienen. Sie trugen einen schlaffen Körper, legten ihn vorsichtig auf ein Rasenstück und verschwanden wieder im Keller.

Scheu standen alle im Kreis, nur Frau Lizzi rannte vor, kniete neben dem Körper hin, legte die Hand an den Hals, fühlte ein schwaches Pochen.
»Eusebius«, sagte sie. »Er lebt. Schnell, Wasser!« Lucinda stolperte den Hang hinunter, gefolgt von Leonora.
Gemeinsam schleppten sie Eimer und Verbandszeug her, wuschen Eusebius, legten einen kalten Wickel auf seine Stirn.

Gerade als Eusebius die Augen aufschlug und verwirrt um sich blickte, trugen Herr Schmied, Dennis und Denise Herrn Stanzer ins Freie. An der frischen Luft kam er bald zu sich, konnte sich sogar auf Herrn Schmied und den Fahrer gestützt zum Bus schleppen.

Frau Lizzi säuberte und verband die Platzwunde an seiner rechten Schläfe.

»Das hätten Sie auch nicht gedacht, dass Sie heute mein Nachthemd tragen würden«, sagte sie.

Herr Stanzer blickte verständnislos. Eusebius begriff schneller und lachte mit den anderen. Als ihn Herr Schmied und der Fahrer in den Bus hoben, stöhnte er laut.

Der Portier des Hotels, in dem die Gruppe die Nacht verbringen wollte, staunte mit offenem Mund über die dreckigen, abgerissenen Leute, die da vor ihm mehr hingen als standen. Er las die Bestätigung der Reservierung dreimal von oben bis unten, auch das Kleingedruckte, bevor er ihnen kopfschüttelnd die Schlüssel aushändigte.

Eine wilde Nacht

Nach einem heißen Bad fühlte sich Frau Lizzi viel besser. Zu ihrer größten Überraschung hatte sie Hunger. Sie zog sich an und ging in den Speisesaal.
Dort fand sie alle in heller Aufregung. Frau Schmied vermisste ihr schweres Goldarmband. Herr Schmied versuchte sie zu beruhigen, das machte sie nur noch wütender.
»Suppe, gnädige Frau?«, fragte der Kellner.
Sie fuhr ihn an. »Wie können Sie jetzt an Suppe denken? Haben Sie gar kein Feingefühl?«

Der Kellner zog sich verwirrt zurück.
Der Reiseleiter bat Platz zu nehmen. »Nach all den Aufregungen sollten Sie einen Bissen essen, das beruhigt die Nerven«, erklärte er. »Dann wollen wir überlegen, was zu tun ist.«
Frau Schmied warf ihm einen giftigen Blick zu. Er lächelte zurück. Anscheinend prallten giftige Blicke von ihm ab. Vielleicht, dachte Frau Lizzi, werden Reiseleiter gegen giftige Blicke geimpft.
Er rollte Brotkügelchen, steckte sie in den Mund, machte den Eindruck eines durch und durch zufriedenen Mannes. Plötzlich sprang er auf, ging zum Kellner und bat ihn ein Tablett für die beiden Verletzten zu richten.
»Ich trage es dann hinauf«, sagte Frau Lizzi, »da kann ich gleich sehen, ob sie sonst noch etwas brauchen.«
Schon auf dem Treppenabsatz hörte sie erregte Stimmen aus dem Zimmer des Privatgelehrten und seines Schülers.

»... es geht um die Wissenschaft, nur um die Wissenschaft«, sagte Herr Stanzer. »Mein ganzes Leben steht in ihrem Dienst. Ich habe mein Vermögen freudig für sie geopfert. Aber auch die, die kein Verständnis für sie haben, können etwas beitragen. Müssen sogar etwas beitragen. Das Wissen um die geheimen Zusammenhänge ist wichtig für alle, auch für die, die davor die Augen verschließen. Stell du dich mir nicht in den Weg!«

»Aber verehrter Meister!«, rief Eusebius. »Es gibt trotzdem Grenzen …«

Frau Lizzi hüstelte laut, dann klopfte sie an die Tür.

Sie hörte schnelle Schritte, eine Schranktür knarrte, dann erst rief Herr Stanzer etwas atemlos: »Herein!«

»Na, wie geht es Ihnen jetzt?«, fragte Frau Lizzi munter.

Beide erklärten, sie fühlten sich schon wesentlich besser.

»Mein Kopf ist noch etwas dumpf«, sagte Herr Stanzer, »und ich bin überzeugt, dass ich morgen am ganzen Körper blaue Flecke haben werde, aber es ist bestimmt nichts gebrochen, alles ist beweglich.«

Eusebius nickte. Er war sehr blass.
Frau Lizzi stellte das Tablett auf den Tisch. »Ich glaube trotzdem, dass wir einen Arzt aufsuchen sollten. Manchmal zeigen sich Schäden erst später.«
Frau Lizzi schüttelte Herrn Stanzers Kissen auf und schob es ihm wieder unter den Kopf.
Eusebius schnappte nach Luft, Herr Stanzer bedachte ihn mit einem seltsamen Blick, einer Mischung aus Angst, Tadel, Besserwisserei und noch einigen Zusätzen, die Frau Lizzi nicht gleich deuten konnte.
Sie beschränkte sich darauf, beiden einen guten Appetit und erfrischenden Schlaf zu wünschen, legte jedem zwei Schmerztabletten aus ihrer großen Handtasche auf den Nachttisch und ging wieder hinunter.
Aus der Suppe starrten unfreundliche Fettaugen. Frau Lizzi winkte dem Kellner und bat ihn, den Teller zu entfernen und ihr gleich den nächsten Gang

zu bringen. Jetzt wird gegessen, sagte sie sich. Denken kannst du später.
Die Mitreisenden hatten offenbar nicht den Appetit verloren. Sie schaufelten riesige Mengen in sich hinein, sogar Frau Schmied vergaß ihre Diät und nahm eine zweite Portion gefüllte Tomaten.
Füttern macht friedlich, stellte Frau Lizzi wieder einmal fest, und weil sie fand, dass sie heute sehr unfriedliche Gefühle hatte, häufte sie einen Berg Karamelcreme auf ihren Teller.
Erst im Bett erlaubte sie sich nachzudenken.

Herrn Stanzers Verhalten war entschieden verdächtig. Aber sie konnte sich nicht vorstellen, wann er Gelegenheit gehabt hätte, das Armband an sich zu nehmen.
Und der Reiseleiter schien auch etwas zu verbergen. Außerdem war er ihr von Anfang an unsympathisch gewesen. Ihre Nase juckte, wenn sie an ihn dachte. Meist hatte ihre Nase Recht, auch wenn sie natürlich wusste, dass eine juckende Nase allein nicht beweiskräftig war.
Ich werde ihnen eine Falle stellen, beschloss sie.

Der Privatgelehrte und sein Schüler kamen zum Frühstück in den Speisesaal. Sie bewegten sich vorsichtig, zum Niedersetzen brauchten sie sehr lange, aber sie bestanden darauf, dass das Programm wie geplant weitergehen sollte. Und für diesen Abend war der große »Ball der Vampire« angesetzt!

Auf dem Weg zum Bus ging der Reiseleiter neben Herrn Stanzer.
Frau Lizzi beschloss die Gelegenheit beim Schopf zu packen.
»Darf ich Sie einen Moment sprechen? Ich habe ein Problem.«
»Aber natürlich, liebe Frau – äh – Lizzi.«
Laut genug um sicher zu gehen, dass Herr Stanzer jedes Wort hören konnte, flüsterte Frau Lizzi: »Ich habe eine größere Geldsumme mitgenommen, ich weiß schon, das war unvorsichtig

von mir, aber ich wollte sie nicht zu Hause lassen, weil in meiner Abwesenheit die Fenster gestrichen werden sollen und … Also jedenfalls, ich habe es in meiner Reisetasche und jetzt mache ich mir solche Sorgen … Ich meine, es ist immerhin eine Menge Geld, ich hatte gedacht, ich könnte hier vielleicht ein Häuschen kaufen …«

Hoffentlich hatte sie nicht zu dick aufgetragen. Aber der Reiseleiter bekam einen lauernden Blick, er hatte den Köder geschluckt.

»Machen Sie sich keine Sorgen, liebe Frau – äh – Lizzi … Ich werde aufpassen, und – im Vertrauen gesagt – ich glaube, wir werden sehr bald wissen, wer hier der Dieb ist.«

Er zwinkerte ihr höchst auffällig zu.

Jetzt konnte Frau Lizzi nur noch warten. Den ganzen Tag über war sie nervös, sie sah fast nichts von der schönen Landschaft, klammerte sich an ihrer Tasche fest, als wäre darin tatsächlich ein Vermögen, und musste vor lauter Aufregung den Fahrer öfter bitten anzuhalten, auch wenn sie sich in dieser Gegend nicht die geringste Hoffnung machte Vamperl zu finden.

Als sie abends ihr Hotel erreichten, hatte Frau Lizzi das seltsame Gefühl, schon einmal hier gewesen zu sein. Es war unheimlich, bis ihr einfiel, dass es bis auf den letzten Turm und die letzte Zinne einer Burg in ihrem Märchenbuch glich. Wo ist das Buch nur geblieben?, überlegte sie. Dann aber sagte sie sich streng: Elisabeth, du hast jetzt andere Sorgen. Pass genau auf, was die Leute tun.

Vor lauter Beobachten kam sie auf dem kurzen Stück Weg vom Bus zum Hotel mehrmals ins Stolpern.

Das Abendessen verlief ohne Zwischenfälle. Die Vanillecreme zum Dessert war mit einem Spinnennetz aus Schokolade überzogen, in dem eine

dicke Fliege aus einer Rosine und zwei Mandelhälften hing. So grausig echt das aussah, so begeistert schleckten alle noch den letzten Rest von ihren Löffeln.

Der lang erwartete »Ball der Vampire« begann.

Der Saal wurde verdunkelt, rote Lämpchen glühten in den Ecken und an den Wänden, schräge Musik setzte ein. Dennis und Denise waren die Ersten, die sich auf die Tanzfläche wagten. Dann schob Frau Schmied ihren Ehemann aufs Parkett, Herr Stanzer forderte Frau Pfeiffer auf und Lucinda

holte sich Eusebius. Leonora tanzte mit dem Busfahrer und der Reiseleiter mit einer jungen blonden Frau. Er wirbelte sie herum, dass ihre Haare flogen. Der Ziehharmonikaspieler hatte einen prächtig gezwirbelten Schnurrbart und unglaublich flinke Finger. Frau Lizzi hatte genau so viel Spaß daran, sie auf- und abhüpfen zu sehen, wie an der Musik, die in ihren alten Gelenken eine fast vergessene Unruhe auslöste.
Als der Fahrer auf sie zukam und sie um einen Tanz bat, kam sie so schnell auf die Beine wie seit Jahren nicht.
Der Fahrer war ein guter Tänzer und Frau Lizzis Füße erinnerten sich an Schrittfolgen, die ihr Kopf längst vergessen hatte. Die Musik endete, ringsum klatschten alle Frau Lizzi und dem Fahrer zu. Sie wurde rot.
»Wie heißen Sie eigentlich?«, fragte sie.
Er machte eine kleine Verbeugung. »Mirko.«

Sie lächelte ihm zu. »Es hat mir Spaß gemacht, mit Ihnen zu tanzen.«
»Und mir erst mit Ihnen«, sagte er und Frau Lizzi beschloss ihm zu glauben.
Er brachte sie an den Tisch zurück und holte zwei Gläser Wein. Der schmeckte köstlich, aber Frau Lizzi widerstand tapfer der Versuchung, noch ein Glas zu trinken. Sie würde heute Nacht ihre ganze Aufmerksamkeit brauchen.
Die Gruppe bestand darauf, dass sie noch einmal das Vampirlied sang. Der

Ziehharmonikaspieler begleitete sie, schlang Melodiekringel um das einfache Lied. Ihre Stimme wuchs dabei. Als sie geendet hatte und alle klatschten, war ihr fast ein wenig schwindlig.
Lang nach Mitternacht ging das Fest zu Ende. Beim Treppensteigen merkte Frau Lizzi, wie müde sie war.
Es war schwer, im warmen Bett zu liegen und gegen den Schlaf zu kämpfen. Sosehr sich Frau Lizzi bemühte wach zu bleiben, fielen ihr die Augen zu. Sie riss sie wieder auf, aber die Lider waren ungeheuer schwer geworden. Fünf Minuten nur, dachte Frau Lizzi.
Im Traum tanzte sie mit Mirko auf einer großen Wiese, der Ziehharmonikaspieler saß in der Astgabel einer riesigen Buche. Da kratzte eine Katze an einer Tür.
Wie kommt die Tür auf die Wiese?, dachte Frau Lizzi, einen Herzschlag später war sie wach.
Jemand schlich durch ihr Zimmer!

Sie bemühte sich ruhig weiterzuatmen wie im Schlaf, blinzelte durch halb geschlossene Lider. Die Dunkelheit war so dicht, dass sie gar nichts sehen konnte, sie musste sich auf ihre Ohren verlassen. Ein Bodenbrett knarrte. Die Schritte hielten inne, sie spürte die Gegenwart eines Menschen, aber so-sehr sie sich auch konzentrierte, wusste sie doch nicht, wer auf Armeslänge entfernt neben ihrem Bett stand. Sie atmete tief ein, auch der Geruch verriet nichts.

Ihre Nase begann zu kribbeln. Sie bemühte sich an etwas anderes zu denken, aber vergeblich. Ein ungeheures Niesen brach hervor, ließ die Bettfe-

dern aufquietschen. Mit zwei, drei Sprüngen war der nächtliche Besucher an der Tür, die Tür fiel krachend ins Schloss.

Frau Lizzi sprang aus dem Bett, lief aus dem Zimmer, aber sie sah niemanden. Leer und still lag der Gang, nur die Notlampen warfen kleine Lichtkegel auf die dunkle Tapete.

Frau Lizzis Füße wurden kalt, ein eisiger Lufthauch wehte sie an. Sie kroch ins Bett zurück. So müde sie gewesen

war, so hellwach war sie jetzt. Bis zum Morgengrauen lag sie und wartete.
Doch niemand kam.
Sie hörte noch die Turmuhr der Kirche fünfmal schlagen, dann schlief sie ein und wachte erst auf, als sie draußen Schritte und lautes Reden hörte.
Ächzend wälzte sie sich aus dem Bett, duschte heiß, duschte kalt, ließ die Schultern kreisen und die Arme, aber es war eine sehr wackelige alte Frau, die mühsam Stufe für Stufe in den Speisesaal hinunter tappte.
Oh, Vamperl, stöhnte sie leise, ich werde langsam zu alt für dich. Wenn ich dich nicht bald finde...
Sie verbot sich den Gedanken zu Ende zu denken. Vor der Tür straffte sie sich und betrat hoch erhobenen Hauptes den Raum. Wer immer es gewesen war, der ihr diese schreckliche Nacht beschert hatte, er sollte nicht den Triumph haben, sie geschlagen zu sehen.
Jeden, der sie fragte, wie sie geschlafen

habe, musterte sie genau. »Hervorragend«, log sie.
Mirko lachte. »Wir müssen wieder tanzen«, erklärte er. »Sie sind eine wunderbare Tänzerin.«
Herr Stanzer hatte schwarze Ringe unter den Augen. Aber das konnte natürlich auch von seinem Unfall kommen.
Eusebius war merkwürdig zerfahren. Wenn ihn jemand ansprach, zuckte er zusammen. Als Lucinda gleichzeitig mit ihm nach dem Brotkorb griff und seine Hand berührte, warf er seine Kaffeetasse um.
Der Reiseleiter konnte keine Minute stillsitzen, sprang immer wieder auf, strich Butter auf den Käse statt auf sein Brot.
Das Ehepaar Schmied flüsterte Kopf an Kopf. Denise und Dennis fütterten einander wie immer mit den besten Bissen.
Wir werden ja sehen, dachte Frau Lizzi.

Vorsicht!

Frau Lizzi fand Hermannstadt schön, aber anstrengend für ihre Knie. Sie hatte Ansichtskarten an Hannes und an den Wetterkundler geschrieben und für beide prächtig geschnitzte Bleistiftschachteln gekauft, jetzt war sie froh, dass sie wieder im Bus saß und die wundervolle Aussicht auf die Berge im Sitzen genießen konnte. Erlebnisse mit Vamperl gingen ihr durch den Kopf. Es gab so viele Kirchtürme, so viele Schlösser, so viele alte Klöster in diesem Land, so viele Plätze, wo eine junge Vampirfamilie sich höchst gemütlich einrichten könnte. Sie war überzeugt, dass Vamperl und Vamperlina inzwischen Kinder hatten oder mindestens ein Kind. Sobald sie nach Hause kam, musste sie sich erkundigen, wie lange die Tragzeit bei Fleder-

mäusen dauerte. Obwohl natürlich das, was für Fledermäuse galt, nicht für Vampire gelten musste, und schon gar nicht für Vamperl und seine Gefährtin. Der Bus blieb stehen, die Gesellschaft folgte artig dem Reiseleiter zu den Resten einer alten Burganlage. Denise und Dennis kletterten sofort auf die brüchige Mauer und baten Frau Lizzi sie da oben zu fotografieren. Im Sucher sahen die beiden noch jünger und noch strubbeliger aus als sonst.
Eusebius erzählte Leonora irgendetwas, sie lachten vergnügt und achteten nicht darauf, dass sowohl Frau Pfeiffer als auch Herr Stanzer sie mit höchst missbilligenden Blicken beobachteten. Lucinda hatte in der Wiese ein Kräutlein entdeckt, das sie schon lange suchte, und sich jubelnd darauf gestürzt. Herr Schmied betrachtete die Berge mit seinem üblichen sorgenvollen Blick, während seine Frau mit hoch erhobenen Armen dastand und feier-

lich verkündete, dies sei ein ganz besonderer Platz, sie fühle deutlich die Gegenwart der alten Götter. Sie begann zu summen, eine sehr getragene Melodie, die auf- und abschwoll.

»Wenn Sie Lust haben«, meinte der Reiseleiter, »können wir ins Dorf hinuntergehen. Viele Häuser sind verlassen, in manchen hat man den Eindruck, die Leute könnten jederzeit zurückkommen.«

Frau Lizzi stimmte so eifrig zu, dass niemand das Herz hatte, etwas Gegenteiliges zu sagen.

Die Dorfstraße war leer, vor einem Haus döste ein dicker Hund in der Sonne und ließ sich nicht von den Fliegen stören, die um seine Schnauze surrten. Wenn nicht hin und wieder seine Ohren leicht gezuckt hätten, hätte man glauben können, er sei tot. Vor einem der Häuser blühten zwischen Brennnesseln und Disteln rote Rosen und sonnengelbe Ringelblumen.

Frau Lizzi öffnete das schiefe Gatter und marschierte entschlossen zum Haus. Die Tür knarzte laut beim Aufgehen. Frau Lizzi spazierte durch die Küche mit dem riesigen gemauerten Herd in die Stube, wo Spinnen kunstvolle Netze vor die Fenster gehängt hatten. Dann kletterte sie über die steile Holztreppe hinauf. Goldene Staubkörnchen tanzten in den Lichtkegeln, die durch die kleinen Fenster in den stickigen Raum fielen.
Plötzlich hörte sie Schritte und drehte sich um. »Ach, Sie sind es, Herr Stanzer!«
Auch in dem düsteren Raum sah sie, wie weiß sein Gesicht war.

»Sie haben es längst gewusst«, stieß er hervor.

»Was?«, fragte sie um Zeit zu gewinnen.

Er hob gebieterisch die Hand. »Meine Forschungen sind an einem Punkt angelangt, wo ich nicht mehr allein weiterarbeiten kann. Ich brauche Mitarbeiter.«

»Aber Sie haben doch Eusebius. Er ist ein so netter Kerl.«

»Leider nur das. Ich brauche *fähige* Mitarbeiter, nicht *nette,* ich brauche einen Computer mit Spezialprogrammen. Und ich brauche Geld. Nicht für mich! Ich stehe vor Erkenntnissen, die das gesamte Weltbild revolutionieren werden. Sagen Sie selbst, was wichtiger ist: Ob eine alte Tratschtante Perlen um den faltigen Hals trägt und eine eitle Ziege sich mit einem goldenen Armband beschwert oder ob das Sinnliche und das Übersinnliche endlich versöhnt ein neues Zeitalter höherer Er-

kenntnis begründen können. Für all das brauche ich Geld, Geld und nochmals Geld. Die Zeiten sind vorüber, wo ein Forscher alleine Entdeckungen machen konnte, die die Welt verändern. Und darum, nur darum musste ich den Schmuck an mich nehmen!«
Seine Stimme war fast umgeschlagen, er stand hochaufgerichtet vor ihr mit ausgestreckter Hand.
»Also ich weiß nicht«, stotterte Frau Lizzi, »das ist alles viel zu kompliziert für mich, ich bin eine dumme alte Frau ...«

Er trat einen Schritt näher. »Es hat keinen Sinn, wenn Sie versuchen sich zu verstellen. Ich weiß, wer Sie sind, und ich dulde nicht, dass die Mächte der Finsternis den Siegeszug des Lichtes behindern!«, schrie er, packte ihre Schultern und schüttelte sie mit einer Kraft, die ihm niemand zugetraut hätte. »Wenn es nötig ist, so bringe ich auch Sie auf dem Altar der Wissenschaft als Opfer dar!«

Frau Lizzi wurde schwarz vor Augen, ihre Beine kippten unter ihr weg. Sie versuchte um Hilfe zu rufen, aber eine harte Hand hielt ihr den Mund zu.

Da schrie Herr Stanzer auf und ließ sie los.

Frau Lizzi fiel mit dem Rücken gegen die Wand, konnte sich gerade noch an einem Balken festhalten.
»Was habe ich nur getan?«, flüsterte Herr Stanzer. »Um Himmels willen, was habe ich getan?«
»Vamperl!«, schrie Frau Lizzi.
Herr Stanzer rang die Hände. »Jetzt ist sie verrückt geworden, und alles durch meine Schuld. Gütiger Himmel, was tu ich bloß?« Er wankte zum Fenster und kämpfte mit dem verrosteten Riegel.
»Vamperl!«, wiederholte Frau Lizzi. »Wo bist du?«
Der Privatgelehrte hatte einen Teil des Riegels aus der Wand gerissen, aber das Fenster brachte er trotzdem nicht auf, so sehr war es von Schmutz verkrustet. Er schluchzte vor sich hin.
Frau Lizzi beschloss ihn zu trösten. »Machen Sie sich keine Sorgen, mir geht's gut, und wenn Sie mich kurz allein lassen, wird es mir bald noch besser gehen. Ich komme gleich nach.«

Zögernd, aber gehorsam kletterte Herr Stanzer hinunter.
Kaum hatte er den Raum verlassen, spürte Frau Lizzi einen Luftzug, gleich darauf wurde ihre Wange mit feuchten Küssen bedeckt.
»Vamperl!«, rief sie immer wieder. »Ach, wie ich mich freue!«
Vamperl kuschelte sich in ihre Halsgrube, zupfte an ihren Fingern, an ihren Haaren.
»Du hast ja keine Ahnung, wie sehr du mir gefehlt hast!«
Er fiepte in den höchsten Tönen.
»Ist Vamperlina auch da?«, fragte Frau

Lizzi, nachdem sie sich ein wenig gefasst hatte.
Sie ging zum Fenster, weil sie Vamperl richtig sehen wollte. Ohne viel Hoffnung rüttelte sie am Rahmen. Offenbar hatte Herr Stanzer die Schmutzschicht doch gelockert, denn es gelang ihr, das Fenster zu öffnen.
Sonnenlicht flutete herein, erhellte den Raum bis in den letzten Winkel.
Vamperl krallte sich in Frau Lizzis Haaren fest und zog sie zu einem Balken. Da saß Vamperlina und links und rechts von ihr hockten zwei Vampire, gerade so winzig, wie Vamperl gewesen

war, als sie ihn damals im Spinnennetz gefunden hatte!

Frau Lizzi spürte einen Knoten im Hals. Bevor sie noch schlucken konnte, rannen ihr dicke Tränen über die Wangen. »Ich hör gleich auf«, schluchzte sie, aber sie konnte nicht aufhören, die Tränen quollen immer heftiger.

Vamperl begann ihre Tränen wegzuschlecken, aber gegen diesen Strom kam einer allein nicht an. Er fiepte kurz und dann hingen auch Vamperlina und die beiden Kleinen an Frau Lizzis Wangen.

Einer von den Winzlingen kitzelte sie beim Trinken mit seinen winzigen Pfoten hinter ihrem Ohr und sie fing an zu lachen, bis sie sich hinsetzen musste.

In der Ferne hupte Mirko dreimal.

»Ich muss gehen«, seufzte Frau Lizzi. »Aber ihr müsst mit mir kommen. Bitte! Ich würde mich so freuen!« Einladend öffnete sie ihre Handtasche.

Vamperlina war offensichtlich nicht begeistert von dem Vorschlag, aber sie kroch zusammen mit Vamperl und ihren Kindern in Frau Lizzis große Tasche.

Als Frau Lizzi am Fuß der Treppe ankam, stand Herr Stanzer mit ausgebreiteten Armen da, als glaubte er, er müsse sie auffangen. Er musterte sie, schlug sich an die Stirn.

»Wie Sie strahlen! Jetzt müssen Sie zugeben, wer Sie wirklich sind. Ich kann nur um Ihre Vergebung flehen …«

»Papperlapapp«, sagte Frau Lizzi.
Herr Stanzer bot ihr den Arm, wollte sie stützen, aber sie brauchte beide Hände für ihre offene Tasche.
Sie herrschte ihn an: »Hören Sie, Sie haben schon genug Mist gebaut, jetzt tun Sie, was ich Ihnen sage. Fragen Sie nicht, sondern halten Sie einfach für 24 Stunden den Mund!«
Herr Stanzer schrumpfte wie ein Ballon nach einem Nadelstich. Dann ging er mit ausgebreiteten Armen hinter Frau Lizzi her, als fürchte er, sie könne jeden Moment fallen und er müsse sie auffangen.
Die Reisegesellschaft starrte den beiden entgegen, überschüttete sie mit Fragen. Aber Herr Stanzer blieb stumm.
Frau Lizzi schenkte jedem ein strahlendes Lächeln und machte es sich auf ihrem Sitz bequem. Die Tasche hielt sie mit beiden Händen auf dem Schoß.

Kuschelstunde

Frau Lizzi ging gleich auf ihr Zimmer. Vamperl kletterte als Erster aus der Tasche, half Vamperlina und den Kindern heraus. Alle vier stellten sich in einer Reihe auf, Vamperl schubste die beiden Kleinen, die sofort einen schönen Diener machten. Frau Lizzi streichelte ihre weichen Zottelhaare.
Wie Vamperl es fertigbrachte, Frau Lizzi mit Fiepen, Grimassen, mit Händen und Füßen zu erzählen, was seit seinem Abflug geschehen war, bleibt das Geheimnis der beiden. Wichtig ist nur, dass sie verstand.
Seine Ballonfahrt war höchst aufregend gewesen: Er war in ein Gewitter gekommen und hatte sich so gefürchtet, dass er den Kopf tief in den Schlafsack steckte und gar nicht merkte, dass es nicht mehr blitzte und donnerte. Erst

als eine Schwalbe an seinem Schlafsack peckte, lugte er wieder heraus.
Kurz darauf trieb sein Ballon auf einen Felsen zu, im letzten Moment schaffte er es, sich an einer verkrüppelten Föhre festzuklammern. Dort wartete er, bis er sah, wie die Habichte sich von einer warmen Strömung hoch treiben ließen, dann folgte er ihrem Beispiel und gelangte sicher übers Gebirge. Der Ballon begann schon runzelig zu werden, da rüttelte ein Adler über ihm, er sah den offenen Schnabel, die scharfen Krallen, die starrenden Augen.
Adieu, Vamperlina, dachte er noch, aber da drehte der Adler ab und ließ sich wie ein Stein zu Boden fallen. Gleich darauf begann der Ballon zu sinken. Er landete auf einer Wiese.
Vamperl verlor kurz das Bewusstsein, und als er die Augen aufschlug, erblickte er Vamperlina zum ersten Mal. Sie half ihm aus dem Schlafsack zu klettern.

An diesem Punkt seines Berichts küsste Vamperl seine Vamperlina.
Sie hatte den Adler mit lautem Fiepen und wilden Bewegungen abgelenkt und war in allerletzter Sekunde in ein Mauseloch geschlüpft.
In dem verlassenen Dorf schlug das junge Paar seine Wohnung auf. Sie freuten sich auf ein drittes Kind.
Frau Lizzi gratulierte ihnen zu den beiden hübschen Söhnen.
Vamperlina blickte ein wenig besorgt. Da erklärte Vamperl, dass der zweite Sohn manchmal seine köstlichen Beeren und leckeren Grassamen ausspucke und voll Bewunderung den Habichten und Adlern nachblicke.

Frau Lizzi meinte, es sei doch durchaus möglich, dass dieser Sohn eines Tages ein ebenso tüchtiger Gift-aus-Gallen-Sauger werde wie sein Vater.
Vamperl und Vamperlina hofften natürlich, dass sie Recht hatte, doch fürchteten sie, dass er kaum Gelegenheit haben würde, diese Kunst zu lernen.
»Gebt ihn mir mit«, sagte Frau Lizzi. »Oder noch besser: Ihr kommt alle mit mir zurück nach Wien. Da gibt es genügend Gelegenheiten für den kleinen Kerl zu lernen, wie man Gift aus Gallen saugt. Ich kann euch sagen, es ist ungeheuer viel Galle nachgewachsen, seit Vamperl uns verlassen hat.«
Vamperl sah Vamperlina an.
Vamperlina sah Vamperl an.
»Wenigstens für kurze Zeit. Auf Urlaub sozusagen.« Frau Lizzi wandte sich an Vamperlina. »Dann siehst du auch, wo Vamperl aufgewachsen ist, das muss dich doch interessieren. Du

lernst Hannes kennen und kannst dich bei dem Wetterkundler bedanken und ...«

Frau Lizzi wollte nicht sagen, dass sie den Gedanken schrecklich fand, sich so schnell wieder von Vamperl und seiner Familie zu verabschieden.

Vamperlina faltete die Flügel um ihren Kopf, die Kleinen fiepten aufgeregt, Vamperl putzte seine Fingernägel.

Frau Lizzi hielt den Atem an.

Endlich schüttelte sich Vamperlina und nickte.

Vamperl umarmte sie, umarmte Frau Lizzi, umarmte seine beiden Söhne, die anfingen auf ihrem Schoß Purzelbäume zu schlagen.

»Genau wie du früher«, sagte Frau Lizzi.
Sie platzte fast vor Glück.
Plötzlich klopfte es an ihre Tür.
»Ist alles in Ordnung?«, fragte Denise.
»Ich dachte, ich hätte seltsame Geräusche gehört.«
»Es ist alles in Ordnung!«, rief Frau Lizzi. »O ja, es ist alles in bester Ordnung! Ich wollte nur – ich wollte nur gerade duschen, daher kann ich Sie nicht hereinbitten.«
Die ganze Vamperlfamilie kugelte sich vor Lachen in einem Ball aus Fell und Nasen auf Frau Lizzis Schoß hin und her.
»Leise!«, mahnte Frau Lizzi. »Es ist besser, wenn niemand weiß, dass ihr hier seid. Sonst wollen die euch alle studieren, bis nichts mehr von euch übrig ist.«
Sofort versteckten sich die beiden Kleinen in Frau Lizzis Haarknoten.
»Ihr zwei braucht Namen. Wollt ihr

Max und Moritz heißen? Die haben auch nur Unfug getrieben.«
Beide schüttelten sich und schnitten fürchterliche Grimassen.
»Vampi und Vampo?«
Neuerliches Kopfschütteln.
»Oder Purzel und Schnurzel?«
Dieser Vorschlag wurde von begeistertem Fiepen und neuen Purzelbäumen begrüßt.
Draußen tönte der Gong zum Abendessen. Frau Lizzi merkte plötzlich, dass sie Hunger hatte, aber sie wollte die Familie nicht allein lassen.
Da klopfte es wieder an die Tür und Denise rief: »Ich bringe Ihnen dann gleich ein Tablett herauf!«
Frau Lizzi machte Katzenwäsche, dann sperrte sie die Tür auf und lag ordentlich zugedeckt im Bett, als Denise mit dem Essen kam.
Sie erzählte, dass Herr Stanzer die Stimme verloren und sich in sein Zimmer zurückgezogen hatte, wünschte

gute Besserung und eine ebensolche Nacht und versicherte Frau Lizzi, sie könne jederzeit rufen oder klopfen, wenn sie Hilfe brauche.

Frau Lizzi hätte ihr gern die Wahrheit gesagt, aber Denise hätte garantiert alles Dennis verraten, und ob der den Mund halten konnte, stand auch nicht fest.

Kaum hatte Denise die Tür hinter sich geschlossen, stürzten Purzel und Schnurzel zur Suppenschale.

Sie hockten am Rand, beugten sich vor und schlürften und schlabberten wie zwei kleine Katzen. Einmal verlor Pur-

zel das Gleichgewicht und tauchte den ganzen Kopf in die Suppe. Prustend und spuckend saß er schließlich auf dem Kopfkissen und schaute beleidigt drein.
Vamperlina fischte mit spitzen Fingern ein paar Nudeln aus der Schale und machte sich dann über den Salat her.
Vamperl putzte den Reis und die Erbsen weg.
Frau Lizzi wunderte sich, was die vier vertilgen konnten. Ihr blieb nur das Schnitzel übrig und die Schokoladencreme. Hungrig wie sie war, aß sie beides, obwohl sie weder das eine noch das andere mochte. Aber das machte ihr gar nichts aus. Sie war glücklich.
In der Nacht wachte sie einige Male auf und hörte zu, wie Vamperl und seine Familie friedlich schnarchten.
Eine schönere Musik gab es nicht auf der Welt, fand sie.

Und dann?

Du willst natürlich wissen, wie es weiterging.
Also: Am nächsten Abend zeigte der Reiseleiter einen Film, den er von der Gruppe gedreht hatte.
»Schrecklich, wie meine Haare aussehen!«, rief Frau Schmied.
»Nein, wie meine Glatze spiegelt«, klagte Herr Schmied.
»Aber so dick bin ich doch wirklich nicht!«, seufzte Leonora.
Jede und jeder hatten etwas an sich auszusetzen, nur Dennis und Denise kicherten und winkten sich auf der Leinwand zu.
Als es im Saal wieder hell wurde, lagen Frau Schmieds Perlen um ihren Hals, wo sie hingehörten, und Frau Pfeiffers Armband baumelte an ihrem Handgelenk.

Lucinda hob beide Arme, tanzte mit fliegenden Tüchern und sang dazu: »Wir danken euch, ihr Unsichtbaren, für eure Güte.«

Schließlich sank sie anmutig zwischen ihren wehenden Schleiern zu Boden.

Eusebius eilte zu ihr, streckte ihr beide Hände entgegen um ihr aufzuhelfen. Sie zögerte, dann sprang sie auf und umarmte Eusebius.

Alle umringten Frau Schmied und Frau Pfeiffer, betasteten die Schmuckstücke, nur Herr Stanzer und Frau Lizzi hielten sich etwas abseits.

Herr Schmied rief eins ums andere Mal: »Ich kann es einfach nicht glauben!«

Frau Schmied rügte ihn: »Das ist eben der Unterschied zwischen uns. Du glaubst nicht einmal, was du mit eigenen Augen sehen und mit eigenen Händen greifen kannst.«

Plötzlich sagte Frau Pfeiffer: »Nach dieser Erfahrung fühle ich mich ver-

pflichtet einen kleinen Beitrag zu leisten. Wir sind ja in der glücklichen Lage, einen Mann unter uns zu haben, der seine ganze Kraft dieser immer noch traurig unterschätzten Wissenschaft widmet.«

Sie nahm Herrn Stanzer an der Hand und führte ihn in die Mitte. »Es wird mir eine Freude und eine Ehre sein, das erste unterstützende Mitglied Ihrer Forschungen zu sein.«

»Und ich das zweite!«, rief Frau Schmied.

Herr Stanzer wurde dunkelrot, schnappte mit offenem Mund nach Luft und warf Frau Lizzi einen verzweifelten Blick zu.

Sie nickte ihm zu und lächelte.

Langsam entspannte sich Herr Stanzer und dann fing auch er an zu lächeln und plötzlich platzte er los, lachte und weinte. Seine Schultern zuckten. Alle drängten sich zu ihm, klopften ihn auf Schultern und Rücken, packten seine

Hände, schüttelten sie. Er setzte mehrmals zum Sprechen an, aber jedesmal schüttelte Frau Lizzi den Kopf und er machte den Mund wieder zu.
»Danke«, presste er heraus, »danke, danke, danke!«
Ein allgemeines Umarmen und Abküssen begann. Leonora ging auf Mirko zu

und umarmte ihn, einen Augenblick lang schaute er verwirrt, dann aber drückte er sie an sich und ließ sie nicht mehr los.
Sie bemühte sich allerdings auch nicht besonders, freizukommen und ihre Küsse und Umarmungen gerecht auf den Rest der Gesellschaft zu verteilen, wie Frau Lizzi feststellte.
In ihrer Tasche rumorte es, sie fürchtete jeden Augenblick, Vamperls Familie könnte herauskrabbeln und zur allgemeinen Verwirrung beitragen.
Der Reiseleiter ließ Wein kommen. Alle wollten mit Herrn Stanzer anstoßen. Er hob sein Glas. »Ich trinke auf die wunderbare Frau, die mich vom größten Fehler meines Lebens abgehalten hat«, sagte er und Frau Pfeiffer und Frau Schmied lächelten geschmeichelt und sagten: »Aber Meister, Sie hätten doch ohnehin nie aufgegeben!«
Frau Lizzi kämpfte mit einem heftigen Anfall von Schluckauf.

Tags darauf fuhr die Reisegesellschaft zurück nach Wien.

Aufgeregt und begeistert zeigte Vamperl seiner Familie die Wohnung, in der er aufgewachsen war. Als Hannes hereinstürmte, geriet Vamperl völlig aus dem Häuschen, hüpfte auf die Vorhangschnur, auf die Gardinen, schaukelte an der Küchenlampe und seine beiden Söhne machten alles nach.

Vamperlina fiepte, Frau Lizzi schimpfte, aber das hätten sie sich sparen können. Frau Lizzi war nur froh, dass Hannes sich damit begnügte, ebenfalls Purzelbäume zu schlagen und nicht mit Vamperl auf die Gardinen klet-

terte, das hätten die Vorhangstangen nicht ausgehalten.
Frau Anna klopfte mit dem Besen an die Wand und kam schließlich selbst um über den ungebührlichen Lärm zu schimpfen und sich ganz allgemein über Hannes zu beklagen.
Für Vamperl war das eine wunderbare Gelegenheit, seinen Söhnen eine Vorführung im Gift-aus-der-Galle-Saugen zu geben.
Der zweite kam sofort angeflattert und nahm einen Schluck. Es schmeckte ihm sichtlich, er schmatzte laut und rieb sich den Bauch.
Eine Woche lang blieb die Familie bei Frau Lizzi, dann reisten sie, diesmal in einem gut gepolsterten Reisekorb mit vielen Luftlöchern und der Aufschrift »Vorsicht, Glas!« als Expressgut in einem Gepäckwaggon zurück in ihr Dorf in Transsilvanien.
Purzel allerdings blieb bei Frau Lizzi und Hannes zurück.

Er ist bereits zu einem recht tüchtigen Giftsauger herangewachsen. Wenn du Glück hast, triffst du ihn vielleicht. Aber pass auf, er ist immer zu Streichen aufgelegt, und manche davon sind nicht ganz ungefährlich. Frau Lizzi jedenfalls behauptet steif und fest, dass sein Vater nie so schlimm gewesen ist.